Diario secreto de Susi

Christine Nöstlinger

Premio Andersen 1984

ediciones sm Joaquín Turina 39 · 28044 Madrid

Colección dirigida por **Marinella Terzi**

Primera edición: abril 1988
Segunda edición: octubre 1988
Tercera edición: octubre 1989
Cuarta edición: febrero 1991
Quinta edición: septiembre 1992

Traducción del alemán: *Marinella Terzi*
Ilustraciones: *Christine Nöstlinger Jr.*
Rotulaciones: *Javier Vázquez*

Título original:
Susis geheimes Tagebuch / Pauls geheimes Tagebuch

Joaquín Turina, 39 - 28044 Madrid

Comercializa: CESMA, SA - Aguacate, 25 - 28044 Madrid

ISBN: 84-348-2404-3
Depósito legal: M-29036-1992
Fotocomposición: Grafilia, SL
Impreso en España/Printed in Spain
Imprenta SM - Joaquín Turina, 39 - 28044 Madrid

1 de septiembre

Hoy y mañana está mi abuela en casa. No la de Viena, sino la de El Tirol. Me ha traído este diario. Me ha dicho que tengo que escribir mis pensamientos secretos. Pero ¡yo no tengo pensamientos secretos! Y no me gusta mucho escribir.
Ojalá la abuela no haya notado que su regalo no me gusta demasiado. Se ofende enseguida.

Realmente este diario no sirve para pensamientos secretos de verdad. No tiene candado y mamá es muy curiosa. Seguro que lo leería cuando yo no estuviera en casa y, como es incapaz de guardar un secreto, se lo contaría a papá.

2 de septiembre

Mañana empiezo el colegio. Si alguien me pregunta si me apetece, yo contesto: «¡Brrr..., no!». Pero un poco sí que me apetece. No por tener que estudiar, sino por mis compañeros.
Me sentaré al lado de Alexander. El año pasado no me caía muy bien, pero durante el verano nos hemos hecho amigos. Michi se sentará delante de nosotros; Ali, detrás. Lo decidimos ayer en el parque.
Espero que mañana brille el sol y me pueda poner el traje de seda nuevo. Es blanco y tiene ramos de flores estampados en la falda. La falda es muy ancha. Cuando giro muy deprisa, vuela y da la vuelta como una nube blanca.
Papá me ha dicho: «Con ese vestido eres la niña más guapa a lo ancho y largo de este mundo».
Si mañana llueve, seguro que mamá no me dejará ponérmelo. Tendré que ponerme la falda escocesa. ¡La odio! Es de una tela

que rasca. Cuando me la pongo, me pica la barriga. Y me hace muy gorda. Parezco una bola. Pero mamá se niega a admitirlo. Me la hizo ella y está orgullosa de su «obra maestra». Voy a ver la tele, las noticias. Al final, siempre informan sobre el tiempo.

3 de septiembre

¡Estoy tan enfadada que no pararía de gritar!

La cosa ha sido así:

Esta mañana no hacía sol. Pero tampoco llovía. La calle estaba un poco mojada, eso sí. Yo quería ponerme el vestido; mamá quería que me pusiera la falda. Nos hemos peleado y justo en el momento en que ella decía: «¡Ponte lo que quieras, eres más tozuda que una mula!», ha sonado el timbre de la puerta. Yo he pensado que sería Ali. Siempre viene muy temprano porque sus padres van a trabajar a las seis de la mañana. Y él no sabe nunca qué hacer hasta que llega la hora de ir al colegio. A veces, viene a casa y juega en mi cuarto mientras yo desayuno y me preparo la cartera. En su casa no tiene muchos juguetes. Sobre todo le gustan mi scalextric y mi tren eléctrico.

Pero no era Ali el que ha llamado a la puerta. Era Paul. Cuando lo he visto en la puerta, he abierto los ojos como platos.

«¿Qué, Susi?», ha gritado mamá. «Menuda sorpresa, ¿eh?».

Mamá no tiene ni idea. Se cree que me alegro muchísimo de que Paul haya vuelto. Y Paul también lo cree. Pero a mí ya no me gusta. ¡Es un presumido y un tonto!

«¡Hola, vieja!», me ha dicho, me ha dado unos golpecitos en la espalda y ha entrado en mi cuarto como si fuera su casa.

Primero he pensado que Paul estaba en Viena de visita y me ha extrañado que ya faltara de su casa el primer día de colegio. Pero luego Paul me ha dicho que vuelve a vivir en Viena y viene de nuevo a nuestra clase.

«¿Y cómo es eso?», le he preguntado. «¡Para el carro!», me ha contestado. ¡Como si eso fuera una respuesta lógica! Eran ya las ocho menos cuarto y nos hemos ido al colegio. Nos hemos encontrado con Ali en la esquina. También ha puesto unos ojos como platos cuando ha visto a Paul. Yo le he contado que Paul iba conmigo en primero y que luego se había ido a vivir al campo.

«¿Por qué tú ya no vivir en el campo?», le ha preguntado Ali a Paul muy amablemente.

Entonces Paul le ha sacado la lengua y le ha dicho: «¡Antes de preguntar tonterías, aprende el idioma!». ¡Ha sido una grosería! Ali ya habla muy bien. Si Paul fuera a vivir a Turquía y tuviera que aprender turco, después de dos años hablaría el turco mucho peor que Ali el alemán.

El verano pasado, en Grecia, tardó tres semanas en aprender a decir KALIMERA. ¡Una mente rápida, la suya! Y luego se mete con Ali. Ojalá se lo hubiera dicho, pero entonces han venido Gabi y Michi, y Paul los ha saludado impetuosamente. Hasta los ha abrazado. Y ha parloteado como mil cotorras juntas. Les ha contado que durante las vacaciones estuvo en América. Y que fue en helicóptero desde el aeropuerto hasta el avión. Y que se trajo de América una ametralladora que en un segundo hace diez veces «peng». Y que tiene un vídeo y que todas las noches ve tres películas de terror.

Gabi y Michi se lo han tragado todo. ¡No lo conocen tan bien como yo!
En el colegio la señorita lo ha saludado. Ha hecho como si se alegrara muchísimo de que estuviera de nuevo en la clase. A mí me ha dicho: «¡Nuestra Susi estará contenta de tener otra vez a su Paul!».
Yo no he dicho que sí. Ni siquiera he hecho un gesto afirmativo con la cabeza. Pero la señorita no se ha dado cuenta. Ha señalado el primer pupitre de la fila del medio y ha dicho: «Sentaos aquí para que pueda controlar vuestros cuchicheos».
Yo iba a protestar y decir que quería sentarme al lado de Alexander, delante de Ali y detrás de Michi. Pero Paul me ha cogido del brazo y me ha empujado a la silla.
Yo no me he atrevido a decir que no quería sentarme a su lado.
Ali dice que cotorree mucho con Paul; así la señorita me cambiará de sitio. Pero seguro que entonces no me pone ni con Alexander, ni con Michi, ni con Ali. Y, además, yo no quiero cotorrear con Paul.

Le he pedido a mamá que vaya al colegio y se lo cuente todo a la señorita. Pero mamá no quiere. Dice que no debe entrometerse. «No es tan grave que estés sentada otra vez al lado de Paul», me ha dicho. «Antes era tu mejor amigo».

Es cierto. Pero ha pasado mucho tiempo. En el jardín de infancia era mi mejor amigo. Y en primero. Y, cuando se marchó con su familia al campo, era mi mejor amigo por correspondencia. Pero, cuando pasamos juntos las vacaciones en Grecia, comprendí que ya no me gustaba tanto. ¡Se ha convertido en un pelmazo!

No nos hemos visto desde hace un año. Tampoco nos hemos escrito más cartas. Ya casi había olvidado que existía.

A la salida del colegio su madre lo esperaba en el coche. Enseguida se ha puesto a fanfarronear de nuevo. «Éste es nuestro segundo coche», le ha dicho a Gabi.

«Papá tiene tres coches más, que corren como el rayo».

Si su padre tuviera tres coches, el coche de

su madre no sería el segundo, sino el cuarto. Paul quería que montara en su coche.

«Te llevaremos a casa», ha dicho con muchos humos.

«Prefiero ir andando», he contestado, y me he ido corriendo. Paul debería notar que ya no quiero ser su amiga. Alexander dice que se lo diga sin más. ¡Como si fuera tan fácil!

Soy muy desgraciada. Con lo que me había alegrado por el primer día de clase.

5 de septiembre

¡Paul está loco de remate! Durante el recreo ha contado que su padre por la mañana trabaja de veterinario en el campo, y por la tarde en la ciudad. «¡Y los domingos en el polo norte!», he dicho. No me ha contestado. Pero se ha puesto colorado.

A la salida su madre ha vuelto a buscarlo. ¡Como si el pobrecito no pudiera andar! Y como si no tuviera bastante con aguantarlo en el colegio, viene a visitarme por la tarde. ¡Y sin avisar! Llama a la puerta y entra sin más. Desde las tres hasta las cuatro y media ha estado conmigo. Ha jugado con el scalextric. Él era Nicki Lauda y yo tenía que ser el que perdía. Pero ¡tururú! Me he tumbado en la cama y me he puesto a leer. Si a las cuatro y media yo no hubiera dicho que tenía que ir a clase de piano, seguro que aún estaría aquí. Cuando Paul se ha marchado, he ido corriendo al parque. Para encontrarme con Alexander, Ali y Michi.

Como he llegado tan tarde, me he quedado

más rato que de costumbre. He vuelto a casa a las siete y media. Mamá se ha enfadado conmigo. Alexander, Michi y Ali pueden quedarse hasta las siete y media. Siempre me dejan hacer menos cosas que a ellos.

¡Diario de Susi. 13!

7 de septiembre

Yo creía que este diario no lo usaría porque no tenía pensamientos secretos. Pero estaba equivocada.
Ahora tengo muchos secretos, que no se los puedo contar a nadie, porque nadie me comprende. Mamá me ha dicho: «¡No seas ridícula!». Y papá: «¡Ya quisiera yo tener tus preocupaciones!».
Pues yo preferiría no tenerlas. Estoy celosa. Estoy tan celosa, que no hago caso de lo que dice la señorita. Miro constantemente hacia el tercer pupitre de la fila de la ventana. Allí se sientan Alexander y Anna. No paran de reír y cuchichear. En el recreo estaban al lado de la papelera y Alexander ha rodeado con su brazo los hombros de Anna. Todos se han dado cuenta. «¡Enamorados-novios-esposos!», ha gritado hoy Michi señalando a Alexander y a Anna. ¡Y toda la culpa la tiene Paul! Si no hubiera vuelto, la señorita no lo habría colocado a mi lado. Yo me habría sentado con Alexan-

der y Alexander no se habría hecho amigo de Anna. ¡Está claro! En el parque, Alexander sigue jugando conmigo. Seguramente porque Anna no va. Ella acude a un hogar infantil y sólo va al parque los sábados y los domingos. Mañana quedará claro si Alexander prefiere jugar conmigo o con ella. Llaman a la puerta. Será Paul otra vez. Le he pedido a mamá que no le deje pasar, que le cuente alguna excusa. Que estoy en el dentista. O que he ido a la piscina. Mamá me ha dicho que no lo haría. «Paul es un pobre chico», ha dicho. Tengo que tratarle bien. Dice que es un pobre chico porque hace dos años tuvo que irse a vivir al campo y ahora ha tenido que volver a Viena. No debía ser Paul, si no ya estaría en mi cuarto. No se para a preguntar si quiero jugar con él. Es tan presumido que cree que todo el mundo grita de entusiasmo cuando él aparece. Por otro lado, no hay de qué asombrarse porque lo piense. Por lo menos, mamá chilla extasiada cuando le abre la puerta.

«Ay, nuestro Paul», grita muy contenta. «¡Lo que se alegrará Susi!».
Y sabe perfectamente que no me alegro. ¡Lo encuentro bochornoso! Yo no me he entrometido en las amistades de mamá. Como siga así, llamaré a la tía abuela Emma y la invitaré a casa. ¡Entonces verá lo que es bueno!
Vuelven a llamar a la puerta. ¡Y ahora sí que es Paul! ¡Mamá ya grita!

8 de septiembre

Estoy tan nerviosa que me mordería las uñas, aunque ya hace dos años que dejé de hacerlo.
Estoy nerviosa porque voy a ir al parque. Es sábado y Anna estará allí y Alexander tendrá que decidirse entre ella o yo.

Susi ¡Página 17!

9 de septiembre

¡No saqué nada en claro!

Ayer, en el parque, Alexander pasó de decisiones entre Anna y yo. Toda la tarde estuvo jugando al fútbol con Michi, Ali y tres chicos de la clase 4B.

Anna y yo estuvimos todo el rato sentadas mano sobre mano.

Yo me quedé esperando porque pensé: «Cuando volvamos a casa, tendrá que decidir si me acompaña a mí o a Anna».

Pero ¡ya, ya! El padre de Alexander vino al parque y le preguntó: «Nos vamos al parque de atracciones, ¿te quieres venir?». «Claro», dijo Alexander, y ni siquiera se despidió de Anna y de mí.

Ahora tengo que ir de paseo con papá y mamá. «¡Susi, no seas tan sosa!», me ha dicho papá.

«Al parque puedes ir todos los días. Y de paseo sólo los fines de semana».

Tiene razón. A pesar de todo, tengo que ir al parque.

El padre de Alexander no vendrá hoy. Hoy Alexander tendrá que decidirse.

¡Menuda estupidez!
Papá está molesto porque he preferido ir al parque en vez de pasear con él. Además, Alexander no estaba en el parque. Sólo estaban Anna y Ali. Ninguno de los dos sabía por qué no había ido Alexander. Entonces hemos ido a su casa, que está muy cerca del parque. La puerta estaba cerrada. Hemos apretado el botón del portero automático, donde pone HUBER, pero no ha contestado nadie. Ali y Anna me han acompañado a casa. Creo que Anna no tiene celos de mí.

¡Página 19!
Susi

13 de septiembre

Por fin, mamá se ha dado cuenta de que Paul es un liante y que tengo razón cuando digo que no quiero verlo más de lo necesario. Seguro que ya no gritará de alegría cuando le abra la puerta.

Las cosas han ido así:

Como hoy es jueves, Ali ha venido a casa después de clase. Ali viene todos los jueves si no estamos de vacaciones. Ha elegido el jueves porque es el día que comemos espinacas. A Ali le gustan mucho. Se acaba hasta las de mi plato. Después del atracón de espinacas, hemos hecho los deberes. En el momento en que metíamos los cuadernos en las carteras, han llamado a la puerta. Mamá ha gritado y Paul ha entrado en mi cuarto. Ha visto a Ali y ha preguntado: «¿Qué hace éste aquí?».

Yo he dicho: «No se llama éste, se llama Ali».

«¿Ahora es tu amigo?», me ha preguntado.

«Algo así», ha dicho Ali, y se ha reído.

Entonces Paul se ha echado sobre él y le

ha dado puñetazos. Yo he chillado: «¡Déjalo ahora mismo!», y, como no ha servido de nada, he llamado a mamá. Pero antes de que ella viniera, Ali se ha recuperado del primer susto y se ha defendido.
Primero le ha dado una torta, luego le ha retorcido el brazo derecho y después le ha empotrado en la estufa. A lo mejor el orden ha sido al revés. Con el nerviosismo no me he fijado bien. En todo caso, cuando mamá ha entrado, ha entendido todo al revés y ha gritado: «¡Ali, te tendría que dar vergüenza!». Entonces Ali ha soltado a Paul, pero al momento Paul se le ha echado de nuevo encima y Ali ha vuelto a defenderse y lo ha empujado al suelo y se ha sentado encima de él. Mamá ha dicho: «Bueno, que haya paz».
Ali se ha levantado. Pero, en cuanto Paul ha podido moverse, se ha incorporado un poco y ha mordido a Ali en la pierna. En la pantorrilla de la pierna derecha.
Por fin, mamá ha comprendido quién era el culpable. Ha cogido a Paul por el brazo y lo

ha sacado de la habitación. Se lo ha llevado al cuarto de estar.
No sé lo que le ha dicho mamá. Paul gimoteaba. Y luego hemos oído que se despedía. Entonces ya no lloraba. A Ali se le ha hinchado la pantorrilla derecha. Y en medio tiene una mancha roja. Es la señal de los dientes de Paul. Creo que a Ali le dolía mucho la pierna. Cuando se ha ido, cojeaba. Lo he visto por la ventana.
¡Esto es el colmo!
Acabo de ir al wáter. Al regresar a mi cuarto, he pasado por la puerta de la cocina. Y he oído que mamá le decía a papá: «¡Paul es un pobre desgraciado!».
¡Así que sigue sin enterarse!

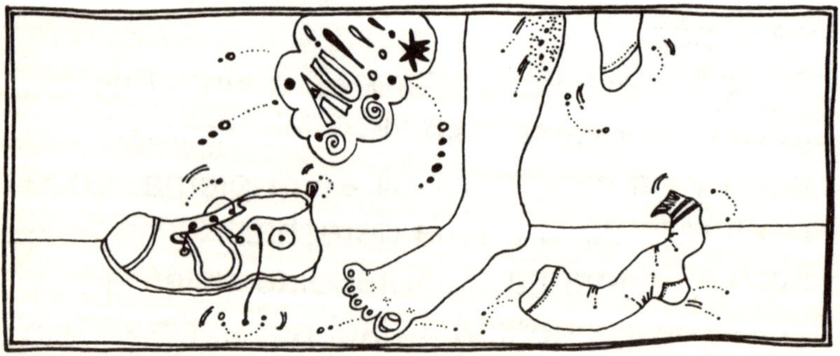

16 de septiembre

El viernes Paul faltó a clase. No sé por qué. La paliza que le dio Ali tampoco fue tan fuerte como para que se quedase en la cama. Con más razón tendría que haberse quedado Ali por el mordisco de la pantorrilla.
Mamá quiere que llame a casa de la abuela de Paul y pregunte cómo se encuentra. Dice que eso sería muy amable por mi parte. Ha buscado el número de teléfono en la guía, pero no lo hemos encontrado. Porque esta abuela es la madre de su madre y no sabíamos el apellido de la madre de Paul de soltera. Mamá le ha preguntado a la lechera. Ella conoce a la abuela de Paul. Pero yo no quiero llamar. Mamá dice que no tengo que ser tan cruel. ¿Qué quiere decir con «cruel»? ¡El cruel es Paul!
Mamá tiene ideas peregrinas. Dice que Paul tiene celos. Y que tendría que entenderlo porque yo también tengo celos a causa de Alexander.

¡Qué comparación más tonta! Primero: yo no muerdo a Anna en la pierna. Segundo: a mí ya no me gusta Paul porque ha cambiado mucho. En cambio, yo no me he vuelto diferente en las dos últimas semanas. Esta tarde le he dicho a Alexander en el parque: «Le voy a pedir a la señorita que me separe de Paul».

Esperaba que él me contestaría: «Dile que quieres sentarte a mi lado».

Pero sólo ha dicho: «¿Y dónde te sentará? Ya no hay más sitios libres».

¡La cosa está clara!

Ya se ha decidido. No sólo quiero que me separen de Paul, también quiero que me trasladen a la 4B. ¡De verdad!

17 de septiembre

Hoy Paul ha vuelto a faltar al colegio. Este mediodía mamá ha telefoneado a su casa. Ha hablado con su madre. Paul dice que, a raíz de la pelea, tiene un pinzamiento en la pierna. ¡Es una estupidez! Su pierna está perfectamente. Si le hubiera dolido la pierna, mamá lo habría notado.
Durante el recreo, Anna me ha pasado un sobre. Es azul celeste y huele a rosas. Dentro había una invitación para la fiesta de su cumpleaños. Es el miércoles a las tres de la tarde.
Sólo ha invitado a cinco niños de la clase: Alexander, Michi, Ali, Martin y yo. ¿Por qué yo? Preferiría no ir. No me apetece ver cómo coquetea con Alexander.

18 de septiembre

He ido con mamá a comprar un regalo para Anna. Hemos comprado un cinturón de piel rosa con estrellitas de plata. ¡Es demasiado bonito para Anna!
Mamá ha notado que el cinturón me gustaba mucho. Quería comprarme otro igual. Uno azul claro con estrellitas doradas. ¡Pero yo no voy por ahí como si fuera la gemela de Anna!

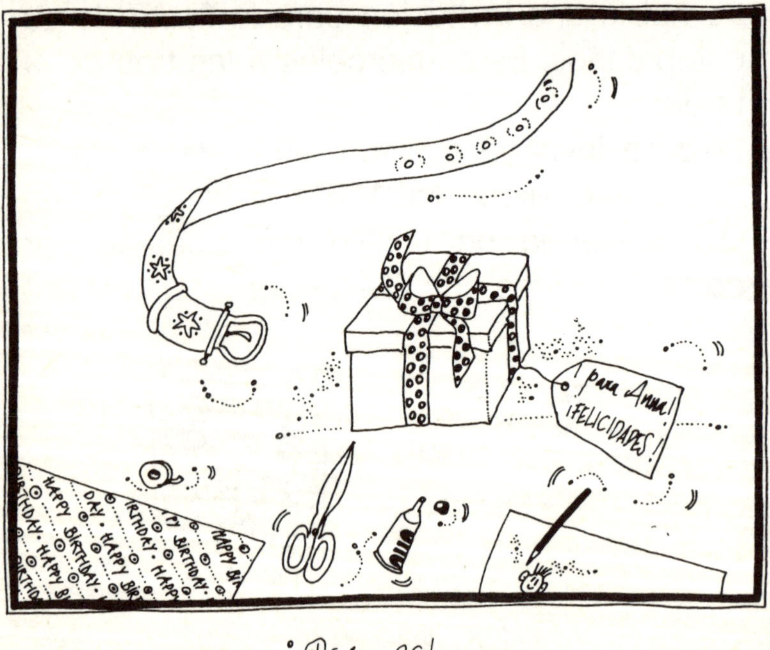

19 de septiembre

Estoy en la cama y me siento muy cansada. Pero voy a contar muy deprisa cómo ha ido la fiesta. ¡Ha sido súper!

Había invitado a veinte niños. Seis del hogar infantil, cuatro vecinos, dos primas y dos primos suyos, los cinco de nuestra clase y un chico que conoció en el hospital. Estaba en la cama de al lado. Cuando ella tuvo la pulmonía. Se llama Florián. Estaba el abuelo de Anna, porque la madre tenía que trabajar. Es el abuelo más divertido que he conocido en mi vida. No para de gastar bromas.

«Me alegro de trabar conocimiento con usted, señorita», me ha saludado.

Hemos jugado a muchas cosas. He ganado dos veces en la carrera de huevos. En la de sacos he quedado una vez la última. En la tómbola he ganado un chicle, una goma de borrar y un peine con un espejo. El peine y el espejo le han tocado a Ali, pero me los ha cambiado por un juego de habilidad.

Y he notado algo muy importante: en la fiesta había un chico del hogar. Se llama Anatol y Anna se ha preocupado mucho por él. «¿Quieres otro trozo de tarta, Anatol?». «¿Quieres otra cocacola, Anatol?». «¿Qué disco quieres que ponga, Anatol?». Y siempre estaba a su lado. Yo le he preguntado al abuelo por el tal Anatol. Él se ha reído y me ha dicho: «Anatol es el gran amor de mi nieta».

¡Ahora ya no entiendo nada!

He observado a Alexander. Quería saber si le molestaba que Anna fuera todo el rato detrás de Anatol. Pero no he notado nada. No se ha puesto ni triste ni enfadado. Al final de la fiesta estaba un poco mareado. Pero no es de extrañar si te comes cuatro trozos de tarta, dos salchichas y un montón de sandwichs.

Al volver a casa ha eructado muchas veces. Ali y yo lo hemos imitado.

Casi no podíamos andar de la risa que nos ha entrado. Hemos tenido que sentarnos a descansar en un banco del parque.

A lo mejor sólo ha sido imaginación mía el que ya no le gusto a Alexander.
¡Ahora sí que se va a armar una buena!
Hoy, en la comida, mientras Ali vaciaba mi plato de espinacas, mamá ha preguntado: «¿Cómo le va a Paul?».
«¿Y cómo voy a saberlo?», he contestado yo.
«Paul está enfermo», ha dicho Ali.
Mamá ha puesto unos ojos como platos.
«¿Está enfermo otra vez?», ha preguntado.
«Sigue enfermo», he contestado yo.
«Desde el viernes», ha dicho Ali.
«Pero ¡el martes volvió al colegio!», ha exclamado mamá.
«¡No!», hemos gritado Ali y yo a la vez.
«¡Demonios!», ha murmurado mamá, ha suspirado con fuerza y luego ha preguntado muy seria: «¿No ha ido ni hoy, ni ayer, ni anteayer?».
«Bueno, ¡escúchame!», he dicho yo. «¡Si sabré yo si la silla de mi lado está ocupada o libre!».
Mamá se ha levantado y ha ido al teléfono. Nuestro teléfono tiene un cordón de diez

metros de largo. Se puede coger y pasear por las habitaciones. Pero no lo hacemos casi nunca. Sólo cuando alguien está enfermo y quiere llamar, se lo llevamos a su cuarto. Aunque mamá no estaba enferma, ha cogido el aparato y se lo ha llevado a su dormitorio. Ha cerrado la puerta del cuarto de estar y la del dormitorio.
¡Ha hablado durante dieciséis minutos! Lo he cronometrado con mi reloj.
«¿Qué pasa?», le he preguntado cuando por fin he vuelto a la cocina. Primero no quería decir nada. Después ha dicho: «Te lo contaré luego».
He comprendido que no quería hablar delante de Ali. Podía esperar a que Ali se marchara. ¡Tampoco soy tan curiosa!
Pero Ali ha comprendido que mamá no quería hablar delante de él. Y yo he comprendido que él lo había comprendido. Y que a Ali le molestaba. Y yo no quiero que Ali se moleste. Ya le molestan bastante y yo no puedo hacer nada.
Por ejemplo: en el parque hay un chico que

se burla de Ali. Y ayer uno de la clase 4B le preguntó en el wáter: «¿Cuántos piojos tienes?». Y cuando Ali le contestó que él no tenía piojos, dijo: «No mientas. Todos los extranjeros tienen piojos». Hasta nuestra portera se porta mal con Ali. Un par de veces, mientras yo jugaba con Ali en el patio, ha dicho a voz en grito: «¡Lo que faltaba, hasta los trabajadores extranjeros se vienen a vivir con nosotros!».

De ninguna manera quiero yo que Ali piense que mamá tiene algo en contra de él. Por eso, he insistido en que contara delante de él a quién ha telefoneado. Ha hablado con la madre de Paul.

La cosa ha sido así: mamá llamó el lunes a la madre de Paul para preguntarle cómo estaba él. Y entonces quedaron en verse el martes al mediodía. Y el martes decidieron que irían el miércoles a comprar una alfombra. Porque mamá conoce una tienda de alfombras donde le hacen el 25% de descuento.

Y tanto el martes como el miércoles la madre de Paul creía que él estaba en el colegio.

¡Así que Paul ha hecho novillos hoy, ayer y anteayer!

Eso no sería tan horroroso. El año pasado Gerald también hizo novillos tres días seguidos. Lo horroroso es lo que han convenido mamá y la madre de Paul.

A partir de octubre Paul vendrá a casa todas las tardes. Porque su madre vuelve a trabajar.

Y yo ¿qué haré?

¡Podría aullar de rabia!

¡Podría gritar de rabia!

¡Podría arrancarme la piel!

¡Podría acabar con todo lo que se me pusiera por delante!

21 de septiembre

No me gusta Paul, pero eso no quiere decir que sea una chivata. No le he contado a nadie lo de sus novillos.
Paul ha venido hoy al colegio. Traía un justificante. La señorita lo ha leído, ha asentido y sólo ha dicho: «¡Qué bien que vuelvas a estar aquí!».
No he podido evitar preguntarle: «¿Qué enfermedad has tenido?».
Él me ha contestado: «Ninguna. Pero no lo digas. He ido con mi padre de caza. Hemos cazado siete rebecos».
Entonces yo le he dicho: «¡En Mödlberg no hay rebecos!».
Y él me ha contestado: «¡No! Nos hemos ido hasta El Tirol, pero no se lo digas a nadie. Papá se ha comprado una avioneta».
Entonces yo he preguntado: «¿Y quién la ha pilotado, tu padre o tú?».
El muy cara me ha respondido: «La mayor parte del tiempo, papá. Pero yo he aterrizado».

Ya he tenido bastante. «¡Alto ahí!». Y ya no le he dicho nada más.
Tengo un plan para octubre. Me he puesto de acuerdo con Alexander, Ali y Anna. Los lunes por la tarde iré a casa de Alexander. Los martes iré a casa de Ali. Los miércoles le he pedido asilo a Michi. Los jueves viene Ali a casa. Y los viernes volveré a ir a casa de Alexander. Mamá verá lo que es bueno. Pondrá unos ojos como platos cuando se quede en casa sola con su querido Paul. ¡Le deseo mucha suerte con su hijo adoptivo!

22 de septiembre

Voy con mamá, papá y la abuela a casa del tío Gustl en Burgenland. Nos llevamos a Ali. El tío Gustl vive en una vieja granja. Pero no es granjero. Sólo tiene un perro, tres gatos y un pavo real. El pavo grita muy fuerte y a veces abre la cola como un abanico. Los gatos son muy huraños y no se dejan acariciar. Y al perro no se le puede tocar porque muerde. Aunque sólo a veces. Pero antes no se sabe si va a morder o no.
Papá y Ali quieren pescar en el lago. A papá le gusta pescar. Pero siempre necesita alguien que mate los peces. Ali ase-

gura que él sabe hacerlo. Yo no me lo creo. No puedo imaginarme que Ali pegue a un pez en la cabeza con el mazo grande.

Me llevo mi tienda. Si no hace demasiado frío, Ali y yo podremos dormir en la tienda. En sacos de dormir. Por la noche haremos una barbacoa en el jardín. Mamá ha comprado salchichas y chuletas de cerdo. Papá dice que es un gasto inútil. Asegura que pescará tantos peces que nos hartaremos de comida. Ignora totalmente que yo no pienso comer ni un pez.

25 de septiembre

Paul parece haber entendido, por fin, que ya no es mi amigo. No ha venido ni ayer ni hoy por la tarde. ¡Se me ha quitado un peso de encima!
Ayer, en el colegio, volvió a empezar con sus mentiras. ¿No puede decir que se ha dormido sin más? ¡No! Tiene que inventarse que fue con su padre a visitar un perro enfermo. Tampoco puede reconocer que olvidó sus cosas de gimnasia. ¡No! ¡Se pondría enfermo!
¿Dónde se ha visto que un veterinario lleve a su hijo a visitar a los animales? Y más aún cuando el hijo tiene que ir al colegio. Y ¡además! Su padre no vive en Viena. Está en Mödlberg. Lo sé de sobra. Creo que los padres de Paul se han peleado. Mamá sabe más cosas, pero no me cuenta nada. Desde la fiesta de cumpleaños soy muy amiga de Anna. Alexander y yo vamos a ir a recogerla al hogar. Luego, iremos a casa de Ali. Ha tenido un hermano. Vamos a

verlo. Ahora Ali tiene seis hermanos. Cuatro chicos y dos chicas.

Mamá ha comprado un osito de peluche para el bebé. Pero un niño tan chiquitín como ése aún no puede alegrarse por un regalo. Mamá quiere que me lleve dos bolsas llenas de cosas a casa de Ali. Son de cuando yo era pequeña. Mamá dice que a la madre de Ali le serán de gran utilidad. Pero la cosa es un poco extraña. Es como si quisiéramos hacer una buena acción con los pobres. Ali es muy orgulloso. Él no acepta ser más pobre que el resto de los niños. Yo no quiero molestarlo. Se lo he explicado a mamá. Pero ella se ha reído. No lo entiende. Ha dicho: «La tía Hilde también le dio ropita a la tía Cilli, y eso que tiene mucho dinero». ¡Ésa es la diferencia! Alexander también se alegra cuando yo le regalo mi sandwich de jamón. Aunque él ya tenga un bocadillo enorme. En cambio, Ali dice que no tiene hambre cuando yo le quiero regalar mi sandwich. Y Ali no tiene ningún bocadillo. Lo que tiene es hambre.

Mamá me ha dejado las dos bolsas en mi cuarto.
Simplemente las «olvidaré».

Susi
¡Página 39!

29 de septiembre

¡Caracoles! Paul aún no ha entendido que ya no me gusta. Ha vuelto a venir. He tenido que mentir para que volviera a marcharse. He conseguido sacarlo por la puerta diez minutos antes de que vinieran Anna, Ali, Michi y Alexander. Papá me ha dicho que soy un poco «pelmaza». No habría importado, ha dicho, que Paul se hubiera quedado. ¡Claro que habría importado! Nos hubiera fastidiado con sus fanfarronadas durante toda la tarde. Queremos jugar y no tener que soportar las mentiras de Paul. Y enseguida hubiera habido pelea entre Ali y él.

Mamá le ha dado a Ali las dos bolsas con ropa. Me he equivocado. Ali se ha alegrado muchísimo y no se ha molestado para nada. El hermanito de Ali es monísimo. Tiene mucho pelo negro y es muy moreno de piel. Cuando llora, la madre de Ali le da el pecho. Tiene unos pechos enormes. Tan grandes como balones. Michi se puso rojo cuando vio que la madre de Ali se sacaba el pecho. Su madre le había dicho que ella no lo haría si había gente delante. Michi no ha visto jamás a su madre desnuda. Y a su padre tampoco. Debe de ser muy extraño vivir en esa casa.

30 de septiembre

He ido con papá a casa de tío Karl y tía Line. En realidad no somos familiares. El tío Karl es amigo de papá. Y la tía Line es amiga de mamá. Tienen una hija que se llama Julia. Tiene seis años y ¡se lo permiten todo!
¡Realmente todo!
A su padre le dice: «¡Eres tonto!». Y a su madre no para de sacarle la lengua. Y lo máximo que le dicen es: «Pero, ¡Julia!».
Yo no quiero sacarle a mi madre la lengua, ni decirle a mi padre que es tonto; pero un poco sí que envidio a Julia. Quería un gato. El de los vecinos tuvo gatitos y Julia cogió uno y no lo devolvió. No paró de berrear hasta que tío Karl y tía Line se lo quedaron. Por mucho que yo berreara, al final tendría que devolverlo.
Julia sólo se pone lo que le gusta.
«No hay nada que hacer con ella», ha dicho tía Line. «Si no le gusta un vestido, no se lo pone. Tiene un carácter fuerte».

Yo también quiero tener un carácter fuerte. ¿Cómo lo consigo?

SUSI Página 43

2 de octubre

Paul está cada vez más pesado y más malo. Hoy, en el recreo, ha vuelto a contar otra bobada sobre su padre, tres avionetas rapidísimas y la cabaña que tiene en el jardín de su casa. Según él, hasta tiene una estufa de verdad dentro de la cabaña.
Nadie quería escucharle. Cuando Paul comprende que nadie le escucha, aún cuenta más tonterías.
Esta vez ha contado que tenía una escopeta. Ha dicho que a menudo dispara por la noche a las palomas de los tejados. Pero el lunes, ha seguido, entró un ladrón en su casa. Lo oyó a media noche. Se levantó sin hacer ruido, cogió su escopeta y salió al pasillo. «Manos arriba», gritó, y encendió la luz. Luego, estuvo apuntando al ladrón hasta que llegó la policía. Y, la semana que viene, el jefe de la policía le pondrá una condecoración.
«¿Nos tomas por tontos?», le ha preguntado Alexander. Paul se le ha echado en-

cima. Ali ha ayudado a Alexander, porque Paul luchaba muy suciamente. Mordía y arañaba. Ali y Alexander han inmovilizado a Paul mientras Irene iba a buscar a la señorita. Cuando ha venido la profesora, Paul continuaba dándoles pisotones. La señorita ha tenido mucho trabajo hasta que ha conseguido tranquilizarlo. En un momento, ha parecido que la iba a pisar a ella también. Tiene que hacer una redacción como castigo. ¡Se lo tiene merecido!
Paul le ha dicho a Gabi que no piensa hacerla. ¡Qué disparate! ¡Tiene que hacerla!
La señorita olvida a veces que ha mandado un castigo. Pero seguro que de Paul, con lo que escupía y pisaba, no se olvida. Así que tampoco se olvidará del castigo.

3 de octubre

Me he peleado con mamá. Ha sido una pelea de las fuertes. No me puede decir sin más: «Bueno, ratoncito, a partir del 15 de octubre Paul pasará las tardes con nosotros».

¡Mamá no sabe decir a nada que no!

«Entiéndelo», me ha dicho. «Soy amiga de su madre. Tengo que hacerle ese favor. Las cosas ya le van bastante mal».

Por lo menos, papá está de mi parte. Y se ha peleado con mamá por culpa de Paul también. Pero mi madre no cede. Acabo de oírle decir: «Ya lo he prometido y no puedo echarme atrás».

Y ahora dice que Paul está trastornado psicológicamente y que necesita cariño.

Y papá dice que nosotros no tenemos un asilo para niños trastornados.

Y mamá dice que el que se preocupa exclusivamente de sus hijos es un egoísta.

Y papá dice que mamá no puede hacer sus buenas acciones a costa mía.

Y mamá dice que a mí no me va a hacer daño aguantar «un poquito» a Paul.
«Un poquito». ¡Bueno! ¡Cinco veces cinco horas por semana! ¡Son 100 horas al mes! ¡Oh, Dios mío, me dan ganas de vomitar!

¡¡Página 47!!

4 de octubre

Ali está conmigo. Está echado en mi cama. Y está muy pálido. Ha devuelto dos veces. Demasiadas espinacas. Pero seguro que no estaban malas.
Mamá le ha mirado la temperatura. Tiene 39,1. También tiene diarrea. ¡Qué fastidio! Queríamos ir el fin de semana a Burgenland otra vez. Ali se pirra por pescar. Y papá dice que no ha tenido nunca un compañero de pesca tan bueno como Ali.
Mamá ha llamado al doctor Berger. Vive en el piso de abajo. Ha prometido subir para visitarlo. ¡Ojalá Ali no tenga que ir al hospital! ¡La verdad es que mamá es súper! (Siem-

pre que la cosa no trate de Paul). Ha venido el doctor Berger. Ali tiene un virus intestinal. Mamá ha decidido que Ali se quedará con nosotros hasta que se ponga bueno. Porque en su casa, con sus seis hermanos, no hay tranquilidad. Y podría contagiar al bebé. Y para él un virus así podría ser muy peligroso.

Mamá ha ido a ver a la madre de Ali. Viven en el bloque de al lado. La madre de Ali ha estado de acuerdo.

A mamá le ha encantado el bebé. Me ha preguntado si me gustaría tener un hermanito. ¡A ella le gustaría! Pero no quiero bebés en casa. ¡De verdad que no!

Además, el de mamá no sería tan guapo,

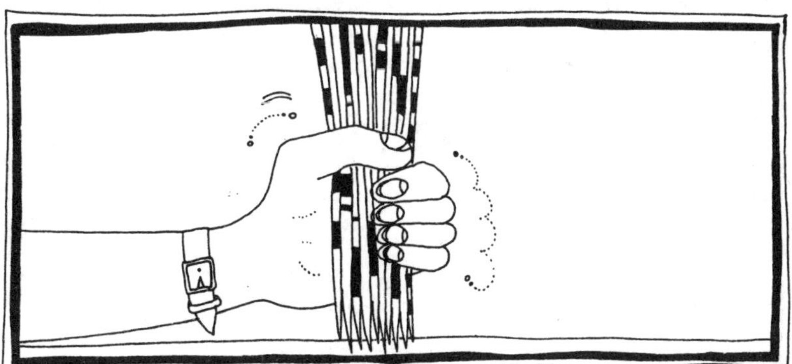

con una mata de pelo negro y una piel tan morena.
Ali está ahora en el cuarto pequeño, donde duerme siempre la abuela cuando viene desde El Tirol. Me gustaría pasar a verlo. Pero mamá dice que está demasiado enfermo para jugar conmigo a los palillos chinos. Por lo menos, podría preguntárselo. También podría leerle algo. O simplemente estar sentada junto a él. A mí me gusta que esté alguien conmigo cuando estoy enferma. Y seguramente ya habré pillado el virus.
¿Qué pinta tendrá un virus? A lo mejor hay uno pintado en el diccionario. Iré a mirarlo. Si encuentro uno, se lo enseñaré a Ali. Para que sepa lo que ocurre en su barriga.

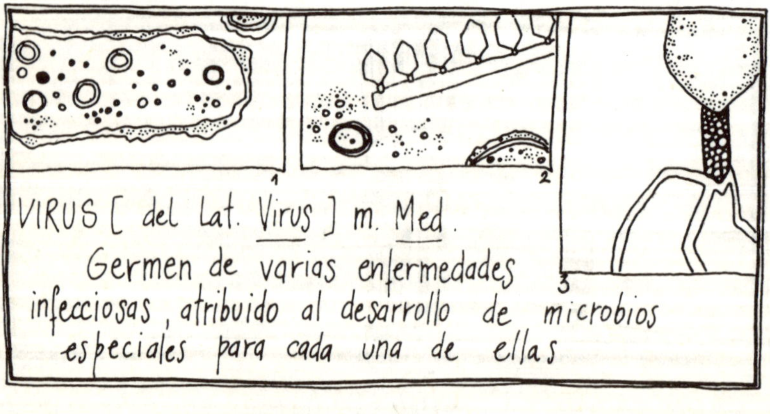

Susi ¡Página 50!

5 de octubre

Ali ya tiene menos fiebre. Sólo 37,5. Quiere hacer los deberes que nos han puesto hoy en el colegio. Yo no los haría si tuviera un virus.
Alexander y Michi van a venir a las tres. Y la madre de Ali seguro que también viene. Pero por la noche. Aún está de permiso, pero va tres veces a la semana a casa de la señora Mutzlmann a limpiar. Hoy le toca. Cuando la madre va a casa de la señora Mutzlmann, la hermana de Ali cuida del bebé. La hermana tiene siete años. A mamá no le parece bien que una niña de siete años tenga que cuidar de un bebé. Pero los padres de Ali necesitan dinero. No pueden coger una canguro. Tendrían que pagarle todo lo que gana la madre de Ali por limpiar. ¡No tendría sentido! ¡Y la hermana de Ali es muy buena! Hasta sabe cocinar. Cuando estuve en su casa, me avergoncé de verdad. Aunque yo tenga tres años más que ella, le tuve que preguntar cómo se hacía el té.

Entonces me propuse aprender a cocinar. Pero con mamá no puedo. A mamá le gusta que la ayude, pero sólo me deja hacer lo más aburrido: pelar patatas y limpiar las zanahorias y la ensalada. Cuando quiero poner la carne en la sartén, grita: «¡No, que te quemarás!». Cuando quiero hacer sopa de sémola: «¡No, así se harán grumos!». Cuando remuevo la pasta, también tiene algo en contra. Dice que podría volcar el cazo. ¡Como si fuera un bebé! Mi abuela de Viena me deja hacer más cosas. Pero siempre que voy a su casa ya tiene la comida hecha. Y yo no puedo comer dos veces para aprender a cocinar.
La primavera próxima mamá quiere ir a París a casa de una amiga. Trabaja en un periódico. Entonces papá y yo nos quedaremos catorce días solos. Papá me ha prometido que entonces podré cocinar. Él sólo pelará las patatas y limpiará las zanahorias y la ensalada.
Pero seguramente vendrá mi abuela de El Tirol a cuidarnos. Y ella no me deja entrar

en la cocina para nada. La pongo nerviosa, dice.

Ahora voy a ver a Ali. Cuando vengan los demás, podremos jugar a las cartas. Ojalá Michi no vuelva a perder. Se pone insoportable.

¡¡Susi/ Página 53!!!

7 de octubre

Ali está casi bien. Yo le he dicho que se haga el enfermo un poco más. Por mí se podría quedar a vivir en casa. Pero mamá dice que su madre se molestaría.
¿Por qué? ¡Tiene otros cinco hijos!

8 de octubre

Hoy la madre de Paul ha estado en el colegio. Ha hablado más de un cuarto de hora con la señorita en el pasillo. Paul se ha puesto blanco como la cera cuando la ha visto. Casi me ha dado lástima. Pero enseguida se ha puesto tonto otra vez.
«Tu madre está ahí», le ha dicho Martin.
«Bueno ¿y qué? Ocúpate de tus asuntos», le ha contestado Paul. Y a mí me ha dicho: «Seguro que mamá quiere preguntarle a la señorita si me puede dar tres semanas de vacaciones para que acompañe a mi padre a la India». Y en el recreo siguiente me ha dicho: «¡Qué pena! No me ha dado permiso». Yo le he dicho a Paul: «¿Cómo lo sabes? No has hablado con tu madre».
Él me ha respondido: «No he hablado con ella. Pero teníamos una consigna. Si tosía, era señal de que todo iba bien. Pero no ha tosido».
¿Qué se puede hacer con semejante bobo? Todos en la clase saben que la señorita

quería quejarse de Paul. ¿Se cree que somos tontos, ciegos y sordos?
Esta tarde papá llevará a Ali a su casa. Ali podría ir andando. Pero mamá ha preparado tres cajas llenas de cosas para la madre de Ali. Ropa de cama, toallas y trajes de señora. Los trajes de señora nos los ha dado nuestra vecina. Los de mamá son muy estrechos para la madre de Ali. Quizá la madre de Ali necesite las cosas realmente. Pero lo mejor sería que Ali se quedara con nosotros. Así su madre se ahorraría todo el trabajo que le lleva atenderlo. Y también podría quitar la cama. Entonces tendría más sitio en su pequeña vivienda.
«¡Estás loca!», ha dicho papá cuando le he explicado mi idea. «¿Te irías tú a vivir a casa de gente que tuviera más dinero que nosotros y una casa mayor?», me ha preguntado. «Ali quiere a sus padres y ellos le quieren a él».
Tiene razón. ¡Qué pena!

9 de octubre

Es muy tarde. Estoy escribiendo en la cama. La madre de Paul está con mamá y papá en el cuarto de estar. Llora. Paul se ha escapado. Se ha marchado esta tarde y aún no ha vuelto. Su madre pensaba que estaba con nosotros. Cuando se ha enterado de que no estaba en casa, ha llamado a casa de otros niños de la clase. En ninguna estaba, claro. ¿A qué casa podría haber ido, si nadie lo soporta?

Ahora sé por fin lo que ha pasado: los padres de Paul se han separado. Y Paul quiere quedarse con su padre. ¡Está loco! Podría estar contento de quitarse de encima a ese ser tan repugnante. El padre de Paul es nauseabundo. Y no lo pienso yo sola, papá también lo ha dicho. Durante nuestras vacaciones en Grecia nos dimos cuenta. A menudo se comportaba de forma muy desagradable. Sobre todo con Paul. Pero hay niños que no se dan cuenta de cómo son sus padres. Michi cree que su madre es preciosa. Y parece un espantapájaros cubierto de maquillaje.

Y Alexander piensa que su padre es muy inteligente. Pero no es capaz de hacer ni los problemas que nos ponen en el colegio.

¿Dónde puede estar Paul? No puede haber ido a casa de su padre. Hasta allí no llegan ni trenes ni autobuses. Paul se ha escapado a causa de dos collares. Su madre no para de hablar de un collar rojo y de uno marrón. Y de una postal en la que una tal Paula escribió que le gusta el collar rojo y que el marrón se rompió y sólo quedan cinco bolitas.

Y cuenta algo sobre las monedas de una lata y los billetes de una cartera. No lo comprendo. ¡Ahora se despide! Dice que tiene que volver a su casa. Si Paul regresa, no podrá entrar. Si antes de medianoche Paul no ha vuelto o llamado, su madre pondrá una denuncia.

Tiene que ser horrible deambular por algún lugar en medio de la noche. Se me pone la piel de gallina cuando me lo imagino. Paul es un desastre, pero me da pena.

10 de octubre

Paul no ha ido al colegio. Pero mamá me acaba de contar que está otra vez en su casa. ¡Quería ir a casa de su padre! Primero fue en tren hasta Linz, luego volvió a Amstetten y, desde allí, se fue andando en dirección a Mödlberg. Pasó un coche y el conductor se lo llevó. Pero sólo hasta la comisaría más próxima. Allí lo dejó y los guardias llamaron a su padre. Éste fue a buscarlo y no lo llevó a Mödlberg, sino a Viena. Y le pegó. Tan fuerte, que a Paul se le han hinchado las mejillas.
Se me remueve el estómago cuando pienso cómo le irá a Paul. Por lo menos, su padre se podría haber mostrado amable con él. Tendría que estar contento de que Paul lo quiera con lo estúpido que es.
Mamá me ha propuesto un trato. Si aguanto a Paul por las tardes, también podrá estar Ali con nosotros. ¡Por mí, de acuerdo! Ahora que a Paul le va tan mal, no puedo ponerme yo también en contra suya.

¡Sería horrible por mi parte! Y yo tampoco me comporto así de mal con los que no me gustan. Pero ¿cómo se entenderán Ali y Paul? Mamá ha dicho: «Ya lo conseguiremos». No me puedo imaginar cómo vamos a conseguirlo. Quizá Ali no quiera venir a casa si sabe que está Paul.

11 de octubre

Ali es un buenazo. Va a intentar entenderse con Paul.
«Okay», ha dicho. «Ese fanfarrón no acabará conmigo».
Mamá le ha dado un beso en la punta de la nariz y ha dicho que es un «tesoro».
Hoy Paul ha vuelto al colegio. No le ha llevado a la señorita ningún justificante. Y ella no le ha preguntado lo que había pasado ayer.
Seguramente lo sabe.
Yo no se lo he contado a nadie.
Paul estaba muy callado. Ni siquiera ha fanfarroneado.
Ya no tiene las mejillas hinchadas. Pero tiene una señal roja que le cruza la mejilla izquierda.
A la salida Paul se ha ido corriendo. Cuando Ali y yo hemos llegado a la parada, acababa de subirse al tranvía. Yo le he saludado con la mano. Él no me ha contestado. Pero ha levantado un poco su mano.

12 de octubre

La señal de la mejilla izquierda de Paul ahora está azul oscuro. Paul no pone atención en clase. Sólo mira hacia adelante. Hoy le he tenido que soplar tres veces. Alexander se ha dado cuenta de que Paul se comporta de forma distinta. «¿Alguien le ha cortado la lengua a nuestro fanfarrón?», me ha preguntado.
Le había prometido a mamá no hablar con nadie de Paul y de sus problemas, pero Alexander es mi mejor amigo.

Y si no le hubiera contado nada, seguro que se habría metido con él y entonces Paul se habría echado otra vez sobre Alexander. Y, además, ¿por qué no debe saber nadie que a Paul las cosas le van mal? ¡Si no se sabe que a alguien las cosas le van mal, tampoco se le puede ayudar! Mamá me dijo: «Porque los niños tienen muy poco tacto y pueden comportarse de manera muy cruel». ¡Por favor! Los niños nunca se comportan con tan poco tacto y tanta crueldad como muchos adultos. Porque no son tan autoritarios.

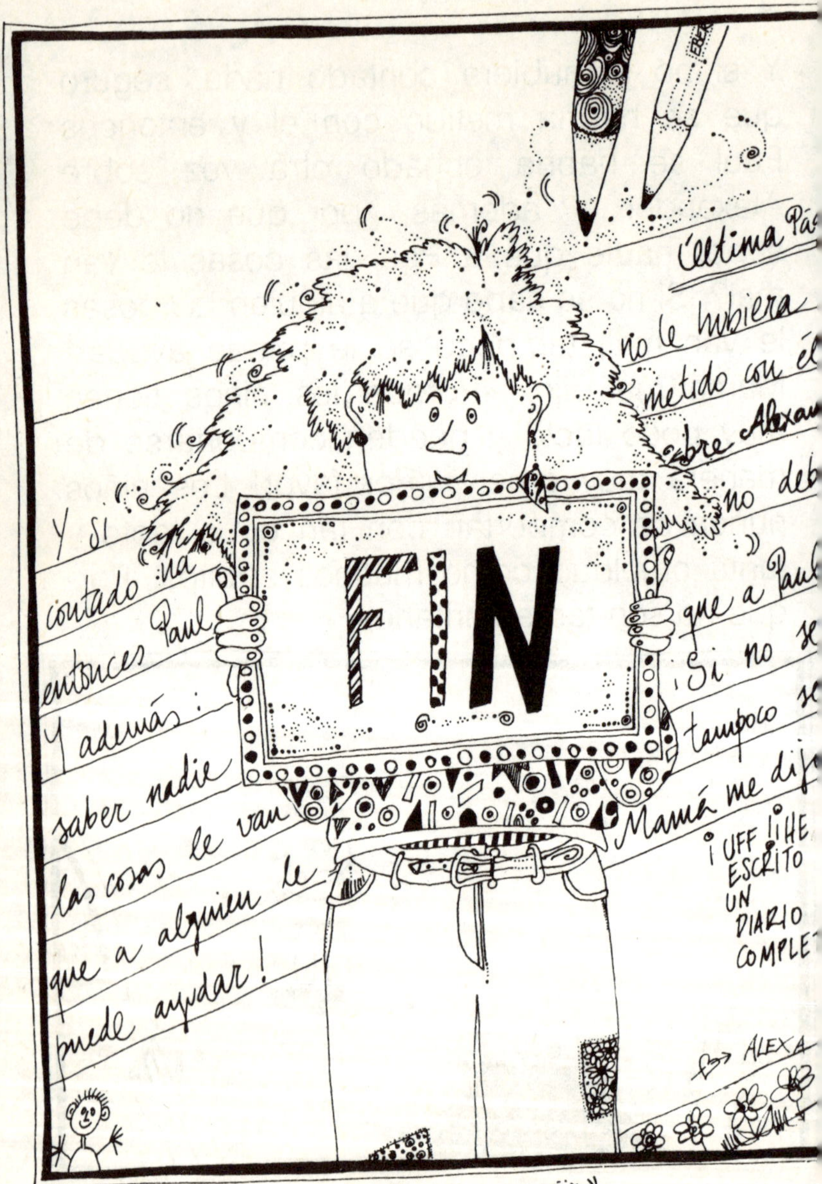
Última Pá
Y si
no le hubiera
contado na
metido con él
entonces Paul
sobre Alexan
no deb
que a Paul
Y además:
¡Si no se
saber nadie
tampoco se
las cosas le van
Mamá me dijo
que a alguien le
puede ayudar!
FIN
¡UFF ¡¡HE ESCRITO UN DIARIO COMPLET
ALEXA

Diario secreto de Paul

Christine Nöstlinger

Premio Andersen 1984

ediciones sm Joaquín Turina 39 28044 Madrid

1 de septiembre

Desde ayer estoy con mamá de nuevo en Viena. Vivimos en casa de la abuela. Mamá duerme con la abuela en la cama de matrimonio. Duerme en el lado donde antes dormía papá. Yo duermo en el sofá del cuarto de estar. Todos los muebles son oscuros como la caca de perro y no tengo ningún sitio donde jugar. Ni siquiera tengo un escritorio. Y la abuela refunfuña a menudo. «¿No sabes hacer nada mejor que tirar tiros por ahí?», me acaba de reñir. Y sólo porque jugaba con mi pistola.
Tampoco puedo hablar en voz alta, porque la abuela tiene un canario al que le puede dar un ataque al corazón si chillo como los indios. La abuela me ha quitado hasta el balón.
Me lo arrancó de las manos y lo guardó en el armario del recibidor. «Una casa no es un campo de fútbol», me gritó. Y yo lo único que hacía era dar con el balón en la pared del recibidor. Tampoco me deja ver

la televisión. Sólo los programas infantiles. Anoche pusieron una película policiaca. Justamente a la mitad, cuando estaba en lo más interesante, la abuela entró en el cuarto de estar y apagó el televisor sin más.
«Esto no es para ti», dijo.
«¡Es mejor que leas un libro!».
¡Quiero volver a casa!
El lunes, mamá irá a una agencia inmobiliaria. Ojalá no tengan ninguna vivienda para nosotros. Si mamá no encuentra un piso, ¡tendremos que volver a casa! Este mediodía ha llamado papá. Le he dicho que tiene que venir a buscarme. «Desgraciadamente no puede ser», me ha contestado él. No tiene tiempo para cuidar de mí. Pero ¡yo puedo cuidar de mí mismo! Y al mediodía podría comer en un restaurante. Ahora que mamá ya no cocina para él, papá también come en un restaurante. Y por la noche siempre hemos tomado bocadillos. Me los puedo preparar yo mismo. Así serán de lo que a mí me gusta. Y Resi, que limpia en casa, me lavaría las camisas.

Y si no lo hiciera, daría lo mismo.
Los chicos de los Huber siempre llevan las camisas sucias y los pantalones arrugados. Pero, cada vez que le digo a mamá que prefiero vivir con papá, se pone a llorar. Quizá el juez decida que yo me quede con papá. O quizá que papá y mamá no se pueden separar. Eso sería lo mejor.
¿Podrá hacerlo?

Jamás me hubiera imaginado que yo iba a escribir un diario. Pero ¿qué voy a hacer en una tonta casa donde todo está prohibido?

2 de septiembre

Esta mañana he ido a casa de Susi, pero no estaba. Su abuela, que vive en el Tirol, pasa unos días con ellos. Y Susi se había ido con ella a ver a un tío. El lunes sorprenderé a Susi. Su madre me ha prometido no decirle que estoy en Viena.
«¡Palabra de honor!», ha dicho. «¡Me callaré como un muerto!».
¡Susi pondrá unos ojos como platos!

En mi vida he pasado un domingo tan soso como el de hoy. Mamá y la abuela están en la cocina y hablan de papá. Creen que no las oigo porque han cerrado la puerta. Pero ¡lo oigo todo! La abuela acaba de decir: «Siempre ha sido un gran egoísta». Se refería a papá. ¿Cómo puede decir algo así? Es una mala y vieja bruja.

3 de septiembre

Mamá me ha comprado libros y cuadernos nuevos. Una cartera, un estuche, una pluma, lápices de colores, ceras y difuminadores. Porque se me olvidó todo en casa.
En realidad, no lo olvidé. Lo dejé a propósito. Esperaba que mamá lo pensaría mejor durante el fin de semana y volveríamos.
En el colegio no ha pasado nada. Los niños son muy aburridos. Me vuelvo a sentar al lado de Susi. En el primer pupitre de la fila del medio.
La sorpresa de esta mañana ha funcionado. Cuando Susi ha abierto la puerta, se ha quedado muda. Michi, Gabi y los demás también se han alegrado. Solamente he tenido problemas con ese tonto de Ali. Ali es extranjero. Me ha hablado como si fuera tonto del bote y quería saber por qué he vuelto. ¿Y a él qué le importa? ¡Nada en absoluto!
Y a los demás tampoco.
No se lo voy a contar ni a Susi. Les diré a

todos que papá tiene dos trabajos. En el campo se encarga de las vacas y los cerdos. Y en la ciudad, de los perros y los gatos. Diré que por la mañana cura cerdos y vacas, luego se monta en un rapidísimo reactor, vuela hasta Viena y cura perros y gatos. Y como por la noche se queda en la ciudad, me he trasladado yo también aquí. Nadie tiene por qué saber que mis padres se han separado.

Y si Ali me vuelve a preguntar, le doy una buena tunda. En las peleas soy el primero. Lo aprendí en el pueblo. Así que ninguno de estos blandengues va a poder conmigo. Mamá ha venido a buscarme a la salida del colegio. Hemos ido a ver pisos. Cuatro. Le ha gustado uno, pero era demasiado caro. A mí no me ha gustado nada de nada. Estaba en una casa de diez pisos. En el octavo. Tenía terraza.

Pero desde la terraza sólo se veían otras terrazas. El señor que nos ha abierto la puerta ha dicho que las paredes son muy finas y no se puede hacer mucho ruido.

También ha dicho que está prohibido tener animales. Estoy contento de que el piso resulte demasiado caro para mamá. Si de verdad tengo que quedarme en Viena, quiero tener mi gato. Mamá tiene que buscar un piso donde estén permitidos los gatos.

¡PÁGINA 8!

5 de septiembre

Susi miente. Hoy me ha dicho que tenía que ir a clase de piano. No me lo he creído. Llevaba todo el tiempo muy rara. Estaba leyendo echada sobre la cama, y no quería jugar conmigo.
Yo he pensado: «¡Veremos si va a casa de la profesora de piano!».
Me he despedido y me he marchado. Pero sólo al patio. Allí me he escondido detrás de los cubos de la basura. No he tenido que esperar mucho: Susi ha bajado las escaleras y se ha ido pitando al parque. La he seguido. En el parque se ha encontrado con Michi y Alexander. Ali también estaba. ¿Por qué no quería que fuera con ella al parque?
De todas formas, yo con Ali no hubiera jugado. Y Alexander es muy aburrido. Voy a escribir a Georg y Hubert. Les diré que volveré pronto. A lo mejor es verdad. A lo mejor me escapo.
Podría ir en tren hasta Linz y allí coger el

autobús hasta Königswiesen. Seguro que tengo bastante dinero para los billetes. Desde Königswiesen podría ir andando a casa. El abuelo de Hubert a veces va a Königswiesen andando. Tarda tres horas. Yo lo conseguiría en dos. Puedo ir mucho más deprisa que él.

También podría hacer auto-stop. Por allí los conductores suelen parar.

Si estoy delante de la puerta de casa, llamo y papá abre, tendrá que dejarme pasar. Y si llego y no están ni papá ni Resi, entonces entraré por la ventana trasera del sótano. Ya lo he hecho otras veces.

¡PÁGINA 10!

7 de septiembre

Mamá ha alquilado un piso. Uno pequeño. Ni siquiera tiene bañera. Sólo una ducha. Tampoco tiene vestíbulo. Además de la cocina, hay una habitación y el cuarto de estar. Mamá ha dicho que no podemos permitirnos nada mejor. Todo el dinero que tenemos es de papá, y no nos manda mucho. Por eso mamá quiere trabajar de nuevo. Un amigo de papá, que también es veterinario, le ha dicho que puede ayudarle. Mamá aprendió con papá lo que hay que hacer. El amigo de papá se llama doctor Prikopa y pasa visita por las tardes. Si mamá va a trabajar con él, tendré que quedarme todas las tardes solo en casa. O tendré que ir a un hogar infantil. O con la abuela. ¡No sé cuál de las tres posibilidades me horroriza más! A lo mejor puedo quedarme en casa de Susi. Antes de irnos al campo, iba muchos días a su casa. A veces hasta comía allí.
¡Su madre cocina de maravilla! Realmente su madre es estupenda. Seguro que no le

importará que yo esté allí todas las tardes. Pero no estoy muy seguro de que Susi esté por la labor. Susi ha cambiado mucho. Antes era mucho más divertida y simpática. Ahora no para de gruñir. Cuando le pregunto: «¿Jugamos al escondite?», ella contesta: «¡No tengo ganas!».

Cuando le pregunto: «¿Jugamos al circo?», me contesta: «¡No tengo ganas!».

Cuando le pregunto: «¿Vamos al parque?», me dice: «¡No me apetece!». ¡No le apetece nada! A lo mejor, lo único que le apetece es no jugar conmigo. Nunca volvemos juntos a casa. A pesar de que hacemos el mismo trayecto hasta la calle Mayor. Va con Ali. Y yo no voy con él, claro. ¡Yo no me hablo con él! Y es un soplón. En el recreo siempre está haciendo el pino y anda con las manos. ¡Como si eso fuera algo interesante! Seguramente no se cae porque tiene las piernas muy cortas y una cabeza muy gorda. Cuando está al revés, mantiene perfectamente el equilibrio.

La semana que viene nos trasladamos a la

casa que ha alquilado mamá. Por un lado, me apetece, porque así no oiremos más el «blablabla» de la abuela. Por otro lado, ¡no quiero! Porque la esperanza de volver a casa aún se vuelve más pequeña.

Mamá me ha preguntado si quiero el gato. El padre de Hubert viene a Viena todas las semanas. Puede traerlo. Me gustaría tenerlo. Pero aquí no hay prados, ni árboles, ni ratones, ni pájaros. El gato aquí enfermaría de pena. Mamá me ha dicho que, si quiero, me comprará un hámster. Pega más en un piso de ciudad que un gato, que está acostumbrado a la libertad. Yo no quiero un hámster. Son muy aburridos. ¡Aquí todo es muy aburrido!

PÁGINA 13

8 de septiembre

Me aburro.
Mamá dice que podría ir a casa de Susi. Pero seguro que está en el parque. Y al parque no voy, porque seguro que está Ali. Y siempre se mete conmigo. Ayer en el colegio me sonrió estúpidamente y me dijo: «¡Paul, eres un bocazas!». «¿Y qué quieres decir con eso, mono?», le pregunté. Ali no me contestó, pero Martin dijo: «Quiere decir que hablas demasiado. ¿Entendido?».
No puedo permitir que Ali ponga a todos de su parte. En primero, cuando Ali aún no estaba, todos eran mis amigos. Sólo porque Ali puede caminar sobre las manos, ¡no hace falta que le permitan todo!

9 de septiembre

Mamá y la abuela están enfadadas conmigo. Como me aburría tanto, he cogido el balón del armario y he bajado al patio. En el patio hay una barra para colgar las alfombras. La he utilizado como portería para chutar. Desgraciadamente, un balonazo ha ido a parar a la ventana de la cocina de la portera. No entiendo por qué se ha puesto hecha una furia. El cristal se ha roto en seis trozos. Pero sólo uno se ha deshecho. Seguro que mamá se lo pagará. Y tampoco hace tan mal tiempo como para que esta noche se muera de frío a causa del agujero de la ventana. En casa nadie habría montado ese número por la birria de cristal. ¡Si por lo menos en esta casa hubiera niños! Pero no hay ni uno. Sólo un montón de viejas y hombres, y un bebé en cochecito. Aún no sé si hay niños en la casa a la que me trasladaré con mamá. Cuando mamá me la enseñó, no vi ni uno. Tampoco vi si el patio era lo suficientemente grande para jugar.

Mamá cree que no está permitido jugar. En la puerta hay una placa que pone:

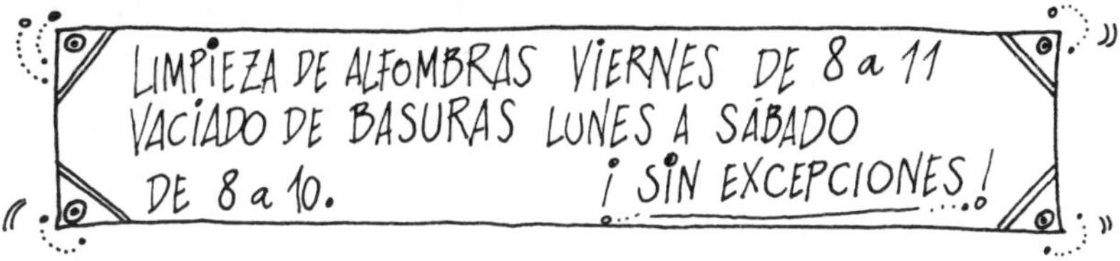

Mamá cree que si son tan estrictos con la limpieza de alfombras y las basuras, más lo serán con los niños que juegan. Mamá firmará mañana el contrato del alquiler. A lo mejor ocurre un milagro y no lo hace.
Quizá venga papá a buscarnos. Este mediodía han llamado a la puerta. «¿Quién puede ser?», ha preguntado la abuela muy sorprendida. El corazón me ha empezado a latir con fuerza. Creía que sería papá. Pero sólo eran un hombre y una mujer que querían convertir a la abuela a una religión extraña.
La abuela les ha dado con la puerta en las narices.

13 de septiembre

Mañana no voy al colegio. Tal como estoy, no hace falta que me vea nadie. Tengo la nariz hinchada, el labio de abajo grandísimo y la barbilla morada. Porque Ali pelea sucio. Y porque la madre de Susi no nos ha dejado continuar la pelea. Si no nos hubiera separado, seguro que habría ganado yo y ahora Ali tendría una pinta mucho peor que la mía. Sólo por lo de la nariz hinchada, el labio gordo y la barbilla morada, mamá no me dejaría quedarme en casa. Por eso he dicho que me dolía la pierna derecha. Mamá no se lo creía, pero la abuela sí.

«Seguramente se ha pinzado un nervio», le ha dicho a mamá. La abuela enseguida se cree cualquier enfermedad. Me ha atado una bolsa de agua caliente en el trasero. Porque los nervios empiezan ahí. Y tienen que estar muy calientes. Mamá quería saber por qué me he pegado con Ali.

«Porque siempre me mira estúpidamente», le he contestado. «Y porque arma mucho

alboroto». Mamá piensa que no es motivo suficiente. Ha dicho que si pegásemos a los que nos miran estúpidamente y arman alboroto, todo el mundo iría por ahí con los labios gordísimos, las barbillas moradas y las narices hinchadas. Mamá siempre se pone en contra de las peleas. Papá lo entendería mucho mejor. Gracias a Dios que mamá en este momento no tiene tiempo para echarme discursos morales. Tiene que limpiar el piso nuevo. Mañana traerán los muebles que ha comprado. Hoy, el electricista colgará las lámparas nuevas. Ahora mamá y la abuela están en el cuarto de estar. Cosen las cortinas. Yo estoy acostado en la cama de matrimonio. «Para que repose», ha dicho la abuela. Por la noche, a la hora de dormir, volveré al sofá del cuarto de estar. No me gusta dormir al lado de la abuela. Antes de dormir, mete su dentadura en un vaso de agua. Y duerme con la boca abierta. Una boca abierta sin dientes es algo horrible.
Ahora voy a ir al wáter y cojearé muchísimo.

Para que la abuela no se crea que el nervio pinzado ya se ha puesto en su sitio. Lo principal es que la madre de Susi no está enfadada conmigo. ¡Y podría estarlo! En su casa es ella quien decide quién se pelea y quién no. He tenido miedo de que dijera: «¡No vuelvas a mi casa!».
¡Gracias a Dios no lo ha dicho!

14 de septiembre

La abuela y mamá se han ido al piso nuevo. Quieren colgar las cortinas y encerar el suelo. En cuanto han cerrado la puerta, me he levantado. Si no, sí que se me pinzará un nervio de estar tanto tiempo acostado.

Georg me ha mandado una carta. Una muy larga. Ya la he leído cinco veces. Y las cinco me he reído. Hubert y Franzi se cayeron dentro de una letrina. ¡Y Georg lo describe de pe a pa!

Hubert y Franzi no vieron la letrina. Porque era muy vieja y estaba cubierta con tablas de madera y sobre la madera había crecido la hierba. Primero se cayó Hubert. Pero sólo hasta la barriga. El resto del cuerpo le sobresalía. Franzi quería rescatarlo, pero no tuvo cuidado. Pisó una tabla, ésta se partió y los dos se metieron de lleno en la letrina. Se sumergieron en la mierda.

No les pasó nada. Lo único, que apestaban, según cuenta Georg. Según dice, aún

apestan y en el colegio nadie quiere sentarse a su lado. No me extrañaría que Georg estuviera exagerando.

Georg también habla de papá en su carta. Cazó un corzo. Y a Paula le regalaron una armónica por su cumpleaños.

Me olvidé completamente de su cumpleaños. Ya hace una semana. Si le mando algo y pongo una fecha equivocada, seguro que Paula no nota que he olvidado la fecha. Pensará que el correo va despacio. ¿Qué le podría mandar? A Paula le gustan los anillos, collares, pulseras y pendientes. Pero no sé dónde los venden aquí. Y tampoco tengo mucho tiempo. Antes de que vuelvan mamá y la abuela, debo llevar el paquete a correos. Si no, mamá se dará cuenta de que no tengo el nervio pinzado. Quizá la abuela tenga algún collar. O una pulsera. Tiene un montón de cajones llenos de chatarra.

16 de septiembre

Mamá y la abuela han ido al piso nuevo. Se han llevado la vajilla, sábanas, mantas y un montón de cosas más. Se han ido muy temprano. Me han prometido que volverían al mediodía. ¡Ya son las tres y aún estoy solo! Tengo un hambre de aúpa. En el frigorífico hay jamón, queso y paté. Pero no voy a comer nada. ¡Ni un bocado! ¡Estoy enfermo! Cuando mamá vuelva y vea que no he tomado ni un bocado, se preocupará. Siempre dice: «Cuando Paul no tiene hambre, está verdaderamente enfermo». Tengo que hacerme el enfermo para no ir mañana al colegio.

PÁGINA 22

17 de septiembre

He convencido a mamá de que todavía estoy enfermo. Pero si mañana aún me duele el nervio, mamá llamará al médico. No puedo permitirlo. Un médico no me creerá. Ya no tengo la nariz hinchada. Pero el labio inferior lo tengo un poco gordo. Y la barbilla, azul. Es como si estuviera sucia. Mamá y la abuela vuelven a ir a la casa nueva. Hoy llevan los muebles que mamá ha comprado. La abuela me ha puesto una bolsa de agua caliente en el pompis. Me aburro. Voy a escribir a Georg. Le contaré la pelea con Ali. No le diré que estoy en la cama, porque no estoy enfermo de verdad. En casa, cuando estaba enfermo, venían a verme Paula, Hubert y Georg. Vinieron hasta cuando estuve con la escarlatina. Nos hablábamos a través de la ventana. Al despedirnos, Paula me dejó en el alféizar una tableta de chocolate.
Entonces también me visitó la señorita. Ella entró en mi cuarto. Ya había tenido la escarlatina de pequeña.

¡PÁGINA 24!

18 de septiembre

Son las diez y estoy en el parque. Sólo hay tres niños y dos mujeres que los vigilan. Mamá ha decidido que hoy vuelva al colegio.

«¡Basta de teatros!», ha dicho. «Ya es suficiente. Tu pierna enferma es una farsa. La abuela quizá te crea, pero yo no soy tan ingenua».

Ha dicho que no debo tomarla por tonta. Que comprendió que no quisiera ir a clase con la cara desfigurada. Porque sabe que soy vanidoso y orgulloso. «Pero ya tienes bien la cara», ha añadido, me ha quitado la manta y me ha llevado a la ducha.

Pero ¡no iré al colegio!

¡Allí no me quiere nadie!

¡No iré donde nadie me quiere!

19 de septiembre

Estoy otra vez en el parque. En el mismo banco de ayer. Hay alguien más que debería ir al colegio. Es una niña. Se tira por el tobogán. He estado con ella. «¿No tienes colegio?», le he preguntado. «¡A ti qué te importa!», ha contestado, y me ha sacado la lengua.

Acaba de pasar una señora. Me ha mirado de una manera extraña. Un niño en el parque por la mañana y con una cartera es algo sospechoso. No puedo quedarme aquí. Tendré que vagabundear. Si voy por ahí, no llamaré la atención. Ahora empieza a llover. Lo que me faltaba. Ojalá llueva hasta el mediodía. Entonces podré decir a mamá y a la abuela que me he mojado al regresar del colegio. Si llueve una hora y luego para, no podré explicar por qué llevo los pantalones y la camisa empapados.

La niña que jugaba en el tobogán ha corrido hasta una caja llena de arena. Ha levantado la tapa y ha cogido la cartera.

¡Debe de tener experiencia en pirarse! Se va del parque. Voy a seguirla.

20 de septiembre

Voy en tranvía. Desde las ocho voy en tranvía de aquí para allá. El bono me lo dio ayer la niña del parque. La seguí. Corría calle abajo. Cada vez más deprisa. En el cruce, donde hay un semáforo, la alcancé porque el semáforo estaba rojo.

Al principio no quería hablar conmigo. «¡Esfúmate!», me dijo. Pero yo no le hice caso y se volvió más simpática. Se llama Inés. Va a primero. Pero no va al colegio porque la culpan sin razón. El chico que se sienta a su lado dijo que le había robado un bolígrafo. Y el monedero. Miraron en su cartera y encontraron el monedero y el bolígrafo. Pero Inés no los había robado. El chico que se sienta a su lado se los metió en la cartera. Porque se quería vengar. El director decidió que los padres de Inés tenían que ir al colegio. Inés dice que sus padres nunca la defienden. Seguro que creerán al que se sienta a su lado.

Hoy pensábamos volver a vernos. Ha-

bíamos quedado a las ocho en punto en la parada del tranvía. La he esperado hasta las ocho y media, pero no ha venido. ¡Qué pena!
Ya son las once. Procuraré que a la una menos cuarto, cuando se acaban las clases, no esté en la otra punta de la ciudad. Si no, regresaré tarde a casa. Y tengo que apuntarme algo de deberes en el cuaderno. Ayer y anteayer mamá se asombró mucho de que no tuviera nada que hacer. Me pondré una redacción. La prefiero a las cuentas. Resultará extraña esa redacción en mi cuaderno de casa. Pero da lo mismo, porque no voy a volver al colegio. El justificante que me había hecho mamá sólo servía hasta el lunes.
Sólo me queda una solución: regresar con papá. Entonces volveré al colegio de allí y nadie sabrá que he hecho novillos.

¡PÁGINA 29!

21 de septiembre

¡Todo se ha venido abajo! La madre de Susi le ha dicho a mamá que no fui al colegio. Ayer, cuando llegué a casa, todo estaba en orden. A la hora de comer sonó el teléfono. ¡Luego, se armó la gorda!
Desde entonces la abuela ya no me habla. Porque soy un mentiroso, dice. Durante la comida me había preguntado sobre lo que había hecho en el colegio. Y entonces inventé de lo lindo, para que no sospechara. Mamá también está enfadada. A pesar de todo, hoy a la hora del desayuno me ha hecho un justificante. ¡Así, por lo menos, la señorita no se enterará! Susi tampoco sabe que yo no estaba enfermo. Si no, hoy en el colegio no me hubiera preguntado qué enfermedad tenía. Le he dicho la verdad a medias. Le he contado que no estaba enfermo. Pero no le he dicho que fui al parque y cogí el tranvía.
¡Si no, me tomaría por un tonto! Le he contado que había ido de caza con papá.

También es una verdad a medias, porque la semana pasada papá fue de caza.

¡PÁGINA 31!

22 de septiembre

¡Hurra!

Hoy viene papá a verme. Acaba de llamar por teléfono. Tiene que venir a Viena para resolver unos asuntos por la mañana. A mediodía vendrá a buscarme. Iremos a comer a un restaurante. Y, luego, puedo elegir entre ir al parque de atracciones, al cine o al circo.

Mamá me ha prometido no decirle a papá que hice novillos. Seguro que cumple su promesa.

Que la abuela mantenga la boca cerrada ya es otra cuestión. Lo cierto es que papá habla poco con la abuela. No la traga. Así que la abuela no podrá descubrirme.

Más que ir al cine, al parque de atracciones o al circo, lo que me gustaría es volver a casa. Podría estar allí hasta mañana por la tarde. Vería de nuevo a mis amigos. Y mi cuarto. Y el jardín. Y todo lo demás.

A lo mejor, si se lo pido a papá con mucho interés, me lleva.

Mamá estará en contra. Pero si se lo pido con mucho interés, se rendirá.

"Diario de Paul / PÁG. 33 /"

23 de septiembre

Papá no vino ayer. Llamó por la tarde diciendo que sus asuntos durarían hasta la noche.
«Típico en él», dijo mamá.
«El gran señor tiene algo más importante que hacer», dijo la abuela.
Siempre ponen a papá verde. ¡Y papá no miente!
«Los sábados por la tarde cierran todo», dijo la abuela.
«No se pueden resolver asuntos», dijo mamá.
¿Qué saben ellas? ¡Nada de nada!
Mamá quería consolarme porque empecé a llorar. Pero yo no necesitaba consuelo, porque lloraba de rabia. De rabia por lo que ellas decían de papá. Mamá ya no está enfadada por lo del colegio. «Lo vamos a olvidar», me ha dicho sintiéndose muy buena conmigo. Por mí como si quiere portarse mal. Quien habla mal de papá, no hace falta que sea simpático conmigo.

Tengo que ir con mamá a nuestro piso. Ya está todo preparado para el traslado. Pero ¡no quiero! Allí no hay teléfono. Y papá me prometió que me llamaría esta mañana. Me lo prometió ayer con toda seguridad. «Entonces, hasta mañana por la mañana, hijo», me dijo al despedirse.
Es ya la una y media, pero papá se habrá dormido. ¡La cosa no es un crimen! Si papá se quedó en Viena resolviendo esos asuntos hasta la noche y luego se volvió a casa, no llegaría hasta medianoche. Y, si entonces se preparó algo de cena, seguramente se iría a dormir sobre las dos. Y a papá le gusta dormir. De todas formas, tal vez esta mañana un campesino le ha despertado temprano y papá ha tenido que ir a visitar una vaca enferma. Las vacas no se enteran de que es domingo. ¡Me quedaré aquí y esperaré a que llame!
Ya es casi medianoche. Estoy sentado en la cama de mi cuarto en la casa nueva. Escribo iluminado por una linterna. Mamá me ha apagado la luz a las diez.

«¡Es hora de dormir!», me ha dicho. «Mañana tienes que ir al colegio».
La puerta de mi habitación tiene un cristal. Si enciendo la luz de nuevo, mamá lo verá. Estoy enfadado con mamá. No le hablo. Esta tarde me ha obligado a venir con ella. «No seas tonto», me ha gritado. «Ya ves que tu padre no llama». Quería sacarme a empujones de casa de la abuela. Entonces he chillado como un energúmeno. Mamá ha ido al teléfono y ha llamado al pueblo. Papá enseguida se ha puesto. Seguramente estaba tan cerca del teléfono porque me iba a llamar en ese momento. Mamá le ha gritado que es un inconsciente, que siempre me va dando largas, que me promete cosas que luego no cumple. Después de eso, no es nada raro que papá se haya enfurecido y le haya colgado el teléfono. Papá no aguanta que le griten. Para eso ya grita él.
Se me ha olvidado preparar la cartera. Pero, si me levanto y la preparo, seguro que mamá se despertará, vendrá y la tendremos de nuevo. Además, no sé dónde

están las cosas del colegio. Seguramente, en una de las cajas que están en la cocina. De todas formas, siempre me despierto temprano. Ya las buscaré mañana a primera hora.

25 de septiembre

Estoy solo en casa. Mamá ha ido a ver al doctor Prikopa, el veterinario con el que va a trabajar. Hoy le va a ayudar con las visitas. Ha dicho que así verá si el trabajo le gusta. He explorado el patio que hay detrás de la casa. Es pequeño y oscuro. Aparte de los cubos de la basura, no hay nada más. Esta tarde he visto a una niña en el rellano. Ha abierto la puerta número 17. En el letrero pone HUBATKA. Un perro ha ladrado detrás de la puerta. Tiene que ser muy grande. Los perros pequeños ladran de otra manera. «¡Yago, cállate!», ha dicho la niña. Seguro que el perro es enorme. A un dackel o a un faldero no se le pone Yago.
El colegio es horrible. Ayer llegué tarde, porque mamá me despertó a las siete. Y aún tuve que buscar las cosas del colegio. Luego, un tranvía se me escapó delante de mis narices. Y el tranvía no tarda siete minutos en llegar al colegio, como aseguraba mamá. ¡Tarda diez!

Estaba en el colegio a las ocho y cuarto. Ojalá no hubiera entrado. Pero, desgraciadamente, en el tranvía estaba la profesora de religión y ha bajado conmigo. Así que no me ha quedado más remedio que entrar con ella en el colegio. Le he contado a la profesora que había tenido que ir con mi padre a visitar un perro enorme. Porque ese perro me quiere mucho y sólo se deja sujetar por mí cuando papá le mira dentro de la boca. ¡No es ninguna mentira! Cuando al perro de los Huber le picó una abeja en la garganta, papá me llevó y yo sujeté al perro. Y papá dijo que yo lo hacía mucho mejor que el resto de la gente.
En la última clase hemos tenido gimnasia. Le he dicho a la profesora que no podía hacer gimnasia porque me encontraba mal. Y Gabi, esa vaca estúpida, ha chillado: «¡Lo que pasa es que se le ha olvidado la bolsa de deporte!». ¿Y a Gabi qué le importa? No se me ha olvidado. La he perdido. La semana pasada. Creo que me la dejé delante de la tienda de golosinas

cuando compré un chicle. Mamá no debe enterarse de que he perdido el uniforme de gimnasia. Estaba nuevo y era muy caro. En casa no lo hubiera perdido. Si en casa me hubiera dejado la bolsa delante de una tienda, la habría recuperado al día siguiente. Cuando vea a papá, le diré que necesito un nuevo uniforme de gimnasia. Seguro que me compra uno. Elegiré unas zapatillas, una camiseta y unos pantalones iguales que los de antes. Así mamá no notará que los he perdido. Pero ¡con la bolsa no hay nada que hacer! Me la hizo ella. No puedo comprar una igual. ¡Ya se me ocurrirá algo!

Hoy, en el colegio, Martin quería que le devolviera los diez chelines que me prestó la semana pasada. ¡Hay que ver cómo se pone por diez chelines! Susi estuvo el fin de semana con Ali en Burgenland. ¿Por qué no me preguntó si quería ir con ella? Seguro que su madre habría preferido llevarme a mí antes que al estúpido de Ali.

Voy a pasearme un rato por el rellano. Y a

silbar. A lo mejor sale la niña de los Hubatka. Los deberes ya los haré después. Cuando mamá esté en casa. Nos han puesto unos problemas estúpidos. Llenos de obreros, jornadas y sueldos. No sé hacerlos solo.

27 de septiembre

Ha venido la abuela y estaba muy excitada. Ayer estuvo el fontanero en su casa. Fue a reparar el desagüe de la ducha. «Y ahora me falta el collar de ámbar», ha gimoteado. Ha dicho diez veces seguidas: «¡Estoy segura de que anteayer el collar aún estaba en la repisa del baño!». ¡Está loca! Hace más de dos semanas que el collar ya no está ahí. Se lo mandé a Paula por su cumpleaños. No sabía que fuera tan valioso. Parecía muy normal.
¿Qué hago ahora?

Página 42 / ¡Paul!

29 de septiembre

He ido a casa de Susi. Quería estar con ella toda la tarde. Pero a las tres Susi tenía que ir a ver a su abuela. Yo quería ir con ella. Pero Susi ha dicho que a su abuela no le gusta que lleve a otros niños. Creo que me ha mentido. Hace mucho tiempo que conozco a su abuela. He ido varias veces a su casa. Y nunca ha tenido nada en contra. Ahora estoy solo. Porque mamá cree que estoy en casa de Susi. Ella se ha ido a ver a una amiga. Yo quería llamar a papá. Abajo, en la calle Mayor, hay una cabina telefónica para llamadas interurbanas. Pero debo de haber hecho algo mal. Porque no he conseguido línea. Y tampoco me han devuelto el dinero.
La niña que vive detrás de la puerta de los Hubatka ha salido a pasear con el perro. Había acertado. El perro es muy grande y muy negro. Es tan fuerte que la arrastra detrás de la correa. La he visto por la mirilla. Me hubiera gustado salir con ella y con el

perro. Pero abrir la puerta y preguntar: «¿Puedo ir contigo?» es estúpido. ¡Tiene que ocurrírseme algo que se pueda hacer en el rellano! Así hablaré con ella cuando vuelva a casa. ¡Podría limpiarme los zapatos! ¡La abuela siempre lo hace en el rellano!

30 de septiembre

¡La abuela ha denunciado al fontanero! Al principio los policías no querían aceptar la denuncia. Pero la abuela se ha puesto testaruda. «No me lo invento», ha dicho. Y: «¿Se creen que chocheo?».

Luego, le ha dicho a mamá: «Estoy completamente segura de que el collar estaba en el borde del lavabo cuando acompañé al fontanero al baño».

La semana pasada aseguraba que había visto el collar en la repisa debajo del espejo. ¡Y un día antes de que fuera el fontanero!

Tengo un plan. Mañana le compraré a Paula otro collar y se lo mandaré. Con una carta. Le diré que he encontrado un collar aún más bonito, que le gustará mucho más, y que me devuelva el otro. Cuando lo tenga, lo pondré en el baño de la abuela, en el rincón de la bañera, donde está el tambor del detergente.

La abuela lo encontrará cuando limpie y

tendrá que retirar la denuncia. En la perfumería de enfrente he visto un collar rojo muy bonito. Pero cuesta trescientos chelines. Y yo no tengo ni un céntimo. Mamá tiene nueve billetes de cien chelines y cinco monedas de diez en el billetero. No creo que note que le falten tres de cien y una de diez. Casi todos los días mira dentro de su billetero, mueve la cabeza y murmura: «¿Adónde habrá ido hoy a parar mi dinero?». También cogeré la moneda de diez chelines que le debo a Martin. Para que no siga refunfuñando. El viernes ya me amenazó con contárselo a la profesora.

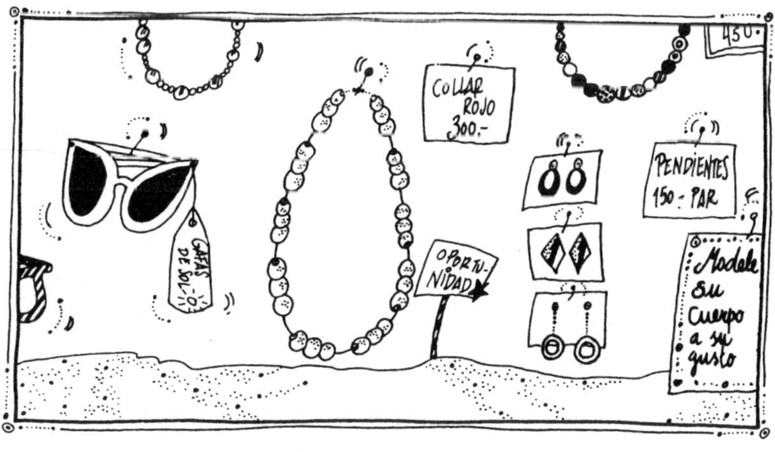

1 de octubre

He comprado el collar rojo. Es mucho más bonito que el marrón de la abuela. He metido el collar y la carta para Paula en una cajita y la he cerrado con celo. Encima de la caja he escrito la dirección con un rotulador rojo. En correos le he dicho al señor de la ventanilla que el paquete debía estar en Mödlberg lo antes posible. «Entonces, tendrás que mandarlo como paquete expreso», me ha dicho él. «Pero ¡eso cuesta cuarenta y ocho chelines, hombrecito!».

Así que he vuelto a casa y he cogido cincuenta chelines del cajón de la cocina. En el cajón, mamá tiene una lata donde mete las monedas de cincuenta.

Tengo miedo de que mamá note que hay una moneda menos en la lata. Las contó anteayer y dijo con orgullo: «Ya tengo doce». Ojalá no las cuente mañana otra vez. Por culpa del collar le he cogido a mamá dinero. Es la primera vez.

Antes siempre tenía dinero suficiente. Papá

me daba veinte chelines todos los lunes. Y a veces, cuando estaba de buenas, me daba una moneda de cincuenta o, incluso, de cien. Desde que estoy de nuevo en Viena, mamá no me ha dado ni un solo chelín.
Y no me he atrevido a preguntar si no me va a dar paga semanal o si simplemente se le ha olvidado.

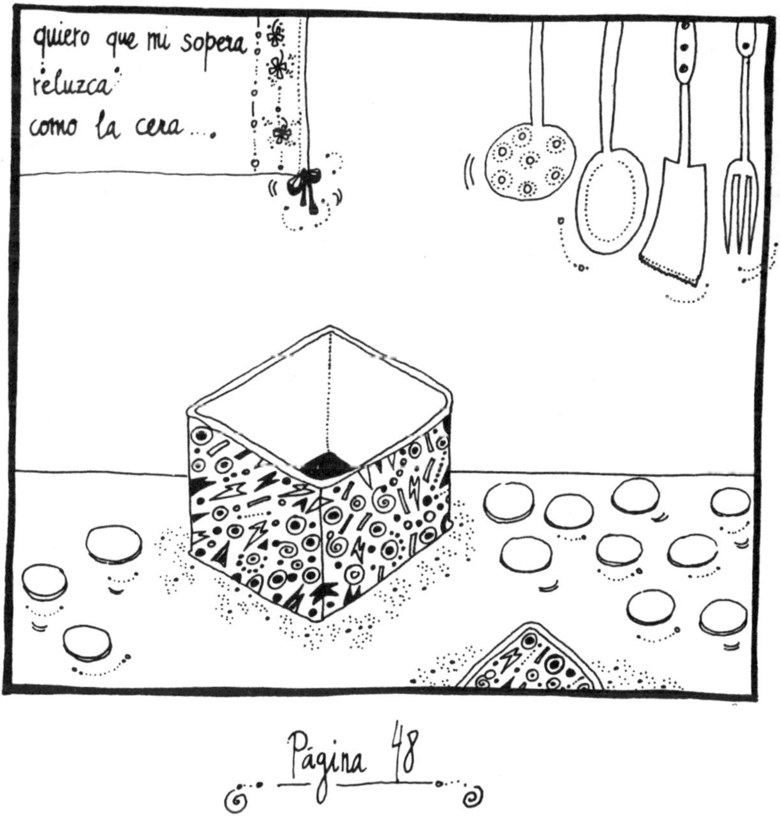

2 de octubre

¡En la clase todos son tontos! ¡La profesora también! Me ha puesto una redacción de castigo. Pero ¡no la voy a hacer! No se me ocurre nada sobre un tema tan estúpido. Ni siquiera me he fijado bien en qué tema era exactamente. Era algo de que en las peleas no se puede llegar a las manos.
¡Lo encuentro estúpido!
¿Por qué no les ha mandado la señorita una redacción a Ali y a Alexander? ¿Algo de que no hay que insultar y reírse de los compañeros?

Por qué en las peleas no se puede llegar a las manos:

SÍ, ¿POR QUÉ NO?

¡QUÉ TEMA MÁS ESTÚPIDO!

¡No tengo ganas!

¡NINGUNAS GANAS!!!

3 de octubre

A partir del 15 de octubre mamá trabajará con el doctor Prikopa y yo iré todas las tardes a casa de Susi. De lunes a viernes. ¡Es perfecto! La madre de Susi y mamá lo han decidido. ¡Me alegro un montón!

4 de octubre

La señorita me ha pedido la redacción. Le he dicho que me la he dejado en casa. «Muy bien, Paul», ha contestado. «Me la traerás mañana».

Entonces he respondido: «Por favor, no puede ser. La he dejado en casa, en Mödlberg». Y le he contado que ayer, después de clase, me fui enseguida a Mödlberg con papá. Y que hoy, muy temprano, hemos vuelto a Viena.

La profesora me habría creído. Pero Andrea, la muy gansa, ha gritado: «No se te ocurre nada más tonto como disculpa».

Entonces, la señorita ha puesto una cara un poco extraña. Pero no ha dicho nada.

La niña que vive detrás de la puerta de los Hubatka se llama Sofía. Es un año mayor que yo. Va a cuarto. Le he dicho que yo también, porque tengo miedo de que se entere de que soy más pequeño y no quiera hablar conmigo. De todas formas, no hemos hablado mucho. Sólo me ha dicho

que limpio los zapatos de mamá con la crema equivocada.
Y luego ha añadido que de mayor quiere ser cantante. Y que tiene un hermano pequeño, al que recoge todos los días en la guardería. Cuando habla, tartamudea un poco. Y se come las uñas.

5 de octubre

El lunes le envié a Paula el collar rojo. El martes tendría que haberlo recibido. Si el mismo martes ella hubiera llevado el collar de la abuela a correos, habría estado aquí el miércoles. ¡Hoy es viernes y el estúpido collar brilla por su ausencia!

¿Qué voy a hacer si el lunes aún no está aquí?

Anoche, mamá sacó la lata de las monedas de cincuenta del cajón. ¡Me asusté de verdad!

Gracias a Dios, tenía el libro de matemáticas en la mano. Antes de que mamá destapara la lata, señalé un problema y dije: «Mamá, no lo entiendo. ¿Me lo puedes explicar?».

Mamá apartó la lata y lo miró. Se asombró de que no entendiera un problema tan fácil. Yo había señalado uno muy sencillo. No había tenido tiempo de buscar uno más difícil. Mamá me lo explicó y yo me hice el tonto. Luego, se fue a preparar la cena. Se olvidó

totalmente de las monedas y yo metí la lata en el cajón.
Esta mañana le he preguntado a mamá cuándo compraría un televisor.
«Primero necesitamos una lavadora», me ha contestado. Y luego me ha enumerado una lista de cosas que necesitamos con mucha más urgencia que un televisor y ha añadido: «A lo mejor la abuela nos regala uno en Navidad».
Pero para Navidad aún faltan más de dos meses. ¡Es una pena!

DIARIO DE PAUL
¡Página 54!

7 de octubre

Hoy no he podido evitar que mamá contara sus monedas. Las ha limpiado con un trapo hasta dejarlas relucientes.
«¿Once?», ha murmurado. «¿Cómo once sólo?». Pero no ha sospechado de mí. ¿O no ha querido hacer caso de esa sospecha?
Desde ese momento se comporta de una forma extraña. ¿O me lo imagino yo?

DIARIO DE PAUL
¡Página 55!

8 de octubre

Mamá ha estado en el colegio. Ha venido durante el recreo. Ha estado hablando con la señorita en el pasillo. Han conversado durante todo el recreo y cinco minutos más. ¿Cómo es que mamá no me había dicho nada de que iba a venir? ¿Y por qué no me dice ahora nada de lo que han hablado?
«He ido a interesarme por ti», me ha dicho. Llevamos cuatro semanas de colegio. Y durante esas cuatro semanas mamá no se ha interesado para nada. Sospecho que ha sido la señorita la que la ha llamado. Porque no se ha asombrado en absoluto de verla allí.
¿Qué se habrán contado?
¿Qué le habrá dicho mamá de mí?
¿Qué le habrá dicho la profesora a mamá?
«¿Está la señorita contenta conmigo?», le he preguntado a mamá.
«Ay, Paul», me ha contestado ella.
«¿Qué?», le he preguntado.
«Ay, Paul», ha vuelto a suspirar.

Seguramente le habrá contado lo de la redacción de castigo y que pegué a Ali y a Alexander. Pero ¿por qué no me lo dice? Lo único que hace es suspirar.
¿Por qué? No me gusta que mamá se comporte así.

¡Página 57!

9 de octubre

Después de clase, Gabi ha ido conmigo hasta la parada del tranvía. Le he contado que a partir del próximo lunes iré todas las tardes a casa de Susi. Entonces Gabi me ha dicho que, si no lo decía, me contaría un secreto. Le he prometido guardarlo. ¡El secreto era horrible!

Gabi ha asegurado que Susi me odia. Ha dicho que por las tardes Susi irá a casa de alguno de la clase para no tener que estar conmigo. Sólo estará en su casa el jueves, porque el jueves va a Ali a verla y él me pegará.

Me ha prometido que me decía la verdad. Lo sabe todo por Martin. Y a Martin se lo ha contado Alexander.

«Es una mentira», le he dicho.

«El lunes verás cómo te he dicho la verdad», me ha contestado Gabi.

Al mediodía quería contárselo a mamá, pero mamá no me habla. Lo único que ha hecho es ponerme delante el plato con la

comida. Tampoco me ha preguntado cómo me ha ido en el colegio. ¡No sé qué le pasa! Si estuviera enfadada por lo que le dijo la señorita, ayer ya no habría hablado conmigo. Después de comer le he preguntado: «¿Qué te pasa?».
Entonces ha suspirado otra vez y ha dicho: «¡Ahora haz tus deberes de una vez! Luego tendremos tiempo de hablar».
Lo ha dicho muy enfadada.
Acabo de ir a la cocina para buscar un trapo. Porque he manchado el escritorio con tinta negra. El bolso de mamá estaba abierto encima de la mesa de la cocina. Por casualidad he mirado dentro del bolso y he visto una postal. Tenía una foto de una niña y un perro. El perro me ha llamado la atención. He sacado la postal del bolso y la he mirado mejor. Quería saber quién se la había escrito a mamá. Pero estaba dirigida a mí. Era de Paula.
«Querido Paul», ponía. «Gracias por el collar rojo. Realmente es más bonito que el marrón, pero no te lo puedo devolver por-

que se me rompió. En el campo. Sólo encontré cinco bolas. ¿Las quieres? Tu Paula».

¡Mamá lo sabe todo!
¡Me marcho!
Sólo me llevo el diario para que mamá no pueda leerlo.
Y tengo que coger una moneda de cincuenta de la lata, para los billetes. Esperaré que mamá vaya al wáter. Cogeré la chaqueta gruesa del cajón. Ahora aún hace calor, pero tardaré en llegar a casa.
Estoy en la sala de espera de la estación de Linz. Son las siete y media de la tarde. No sé qué hacer. Delante de la estación hay una plaza grande. Pero no salen autobuses hacia Königswiesen. Se lo he preguntado a una señora. Me ha dicho que lo pregunte en Información. El señor de Información me ha dicho de dónde salen los autobuses hacia Königswiesen. Pero no me he fijado en el nombre de la calle, porque enseguida ha añadido:

«Pero hoy ya no sale ninguno. No hay más hasta mañana temprano». Y luego quería saber si iba solo a Königswiesen. Y por qué estaba en la estación. Le he dicho que era mi abuela la que quería ir.

¿Qué tengo que hacer? Aquí huele mal. Y está muy sucio. Y hay dos borrachos enfrente de mí. Y si se hace más tarde, seguro que vendrá alguien y me preguntará qué hago aquí y por qué no estoy en mi casa, en la cama.

Podría hacer auto-stop. Pero no sé cuál es la carretera que va a Mödlberg. Y no se puede hacer auto-stop en medio de la ciudad. Tendría que ir a las afueras. ¿O me monto en un tren que me lleve a Viena de nuevo?

¡Ya lo tengo! Miraré los planos de recorridos y buscaré un tren que vaya a Amstetten. Allí estaré un poco más cerca de Mödlberg que en Linz. Y Amstetten es mucho más pequeño que Linz. Seguro que allí encontraré la carretera que lleva a Mödlberg. Y podré hacer auto-stop.

12 de octubre

Hemos comprado un televisor. Pronto nos pondrán una conexión y podremos ver diez canales.
A partir de la semana que viene mamá me dará paga. Como antes, veinte chelines a la semana. Me ha dicho que debería habérselo recordado. Lo había olvidado porque «tiene muchas cosas en la cabeza». ¿Me descontará de la paga el dinero que me llevé?

¿Quizá en pequeños plazos? ¿Cinco chelines a la semana?
Con quince chelines puedo subsistir.
¡Gabi me mintió!
Hoy Susi me ha dicho en el colegio: «El lunes, cuando vengas a casa...». No diría eso si por mi culpa tuviera que irse todos los días. Lo que sí es cierto es que Ali estará allí cuando yo vaya. No me gusta. Pero habrá alguna manera de soportarlo. Ayer, Ali estaba con Susi en la parada y me saludó.

FIN
¡¡¡QUÉ CÓMICO
Gabi me
Hoy Susi
dicho en el
“El lunes,
vengas a casa...
eso si por mi
que irse todos
si es cierto es
mintió!
me ha
colegio:
cuando
No decía
culpa tuviera
los días. Lo qu
que Ali estará
me gusta. Per
alguna mane
Ali estaba co
Susi en